Domitille de Pressensé

émilie
et le bébé de neige

Mise en couleurs : Guimauv'

coucou, les cousins,
on va dire bonjour au
bonhomme de neige ?

oh !

notre bonhomme
de neige...

il est encore
tout fondu.

ah ! il exagère
quand même.

c’est la troisième fois
qu’on le reconstruit.

bravo !

il est encore
plus beau qu'avant.

mais il est devenu

tout petit.

maintenant, c'est un

bébé de neige.

c'est normal !

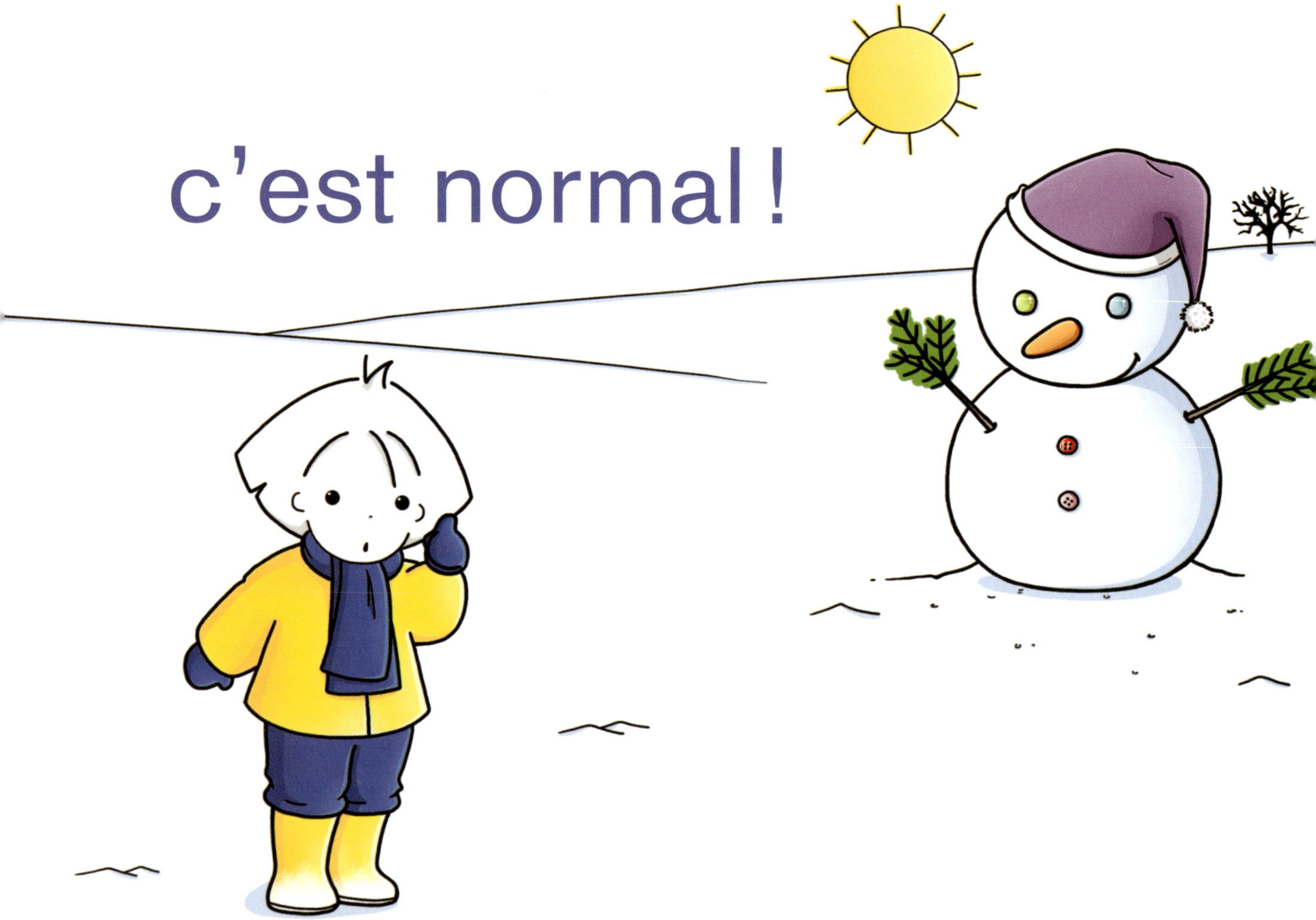

le soleil fait fondre
la neige,
alors il va disparaître.

oh… c'est triste !
c'est notre copain
et puis il est trop bien.

et si on mettait
le bébé de neige
dans le réfrigérateur ?

quelle bonne idée !

émilie va chercher
la charrette.

on installe le bébé
de neige à l'intérieur...

... et en route
pour la maison !

chuuut...

il ne faut pas que
maman nous entende.

alors,
on se déshabille
sans faire de bruit.

ensuite, on vide
le réfrigérateur.

guillaume et arthur
apportent des jouets
pour le bébé de neige.

ça y est. comme
il est bien installé !

maman arrive et dit :

oh ! un bonhomme
de neige
dans le réfrigérateur,
ce n'est pas
possible !

mais c'est notre ami !

on voudrait tellement le garder...

la place
d’un bonhomme
de neige est dehors,
quand il fait froid
et qu’il neige,
explique maman.

il va fondre
et partir
avec l'hiver, car
le printemps arrive.

alors
on reconduit le bébé
de neige dans le jardin.

au revoir, bébé de neige

il faut t'en aller,

à l'année prochaine !

le printemps
va bientôt arriver.

Mise en page : Guimauv'
www.casterman.com

ISBN 978-2-203-03815-8
N° d'édition : L.10EJDN000883.N001
Imprimé en Italie
Dépôt légal : octobre 2011 ; D.2011/0053/465
Déposé au ministère de la Justice, Paris (loi n° 49.956 du 16 juillet 1949 sur les publications destinées à la jeunesse).